Kolofon
©Mathias Jansson (2023)
”Lyktgubben och tre andra dramer”
ISBN: 978-91-86915-62-9

Utgiven av:

”jag behöver inget förlag”
c/o Mathias Jansson
Tvärvägen 23
232 52 Åkarp
http://mathiasjansson72.blogspot.se/

Tryckt: Lulu.com

Lyktgubben

Scen: Redaktören, en äldre man, tunnhårig med glasögon, sitter bakom sitt stora skrivbord försjunken i ett manuskript. Dörren öppnas och författaren, en vithårig skäggig, lite böjd herre stiger osäkert och avvaktande in genom dörren. Han håller ett manus tätt tryckt mot kroppen. Ser sig förvirrad omkring. Redaktören ser upp från sina papper, ett leende sprider sig över hans läppar när han ser författaren. Han nästan rusar upp från skrivbordet och skyndar fram mot författaren.

Redaktören: Gunnar! *Trycker hans hand och skakar den hjärtligt.* Vad glad jag är att se dig! Jag trodde knappt det var sant när min sekreterare sa att du hade bokat ett möte. Vi trodde vi hade förlorat dig för alltid. Vad är det? 8, 10 år sedan vi sågs sist? Du bara försvann från scenen. Ärligt talat trodde vi inte att vi skulle få se dig igen. Och dessutom med en helt ny pjäs! Men vad jag pratar. Du får inte en syl i vädret. Sätt dig vet jag. *Visar författaren till en stol vid skrivbordet. Sätter sig själv bakom skrivbordet.* Vill du ha något? Något att dricka? En whiskey? Jag har en fin flaska Laphroaig i skrivbordet. *Författaren skakar på huvudet.* Jag kan inte säga hur glada jag är att du är tillbaka. Du var förlagets absolut främsta författare, det vet du. Kanske inte den mest lönsamma, det ska ärligt medges, men absolut den mest intressanta att arbeta med, och varje gång det var tal om Nobelpriset så höll vi tummarna. Ditt namn cirkulerade alltid bland favoriterna. Personligen tycker jag det är en skam att du inte fick det. Men nu pratar jag på igen som vanligt. Du har alltid varit en god lyssnare Gunnar. Jag är bara så glad att se dig igen efter alla dessa år. Jag hoppas det är bra med dig? Det var förresten tråkigt med din fru. Jag får beklaga sorgen. Vad var det? Cancer? Måste ha varit mer än 10 år sedan hon gick bort eller? Nej, nu ska vi inte prata om tråkigheter, livet är fullt av motgångar. Nu ska vi prata om framtiden. Vi är verkligen nyfikna på din nya pjäs. Jag har redan

3

hört mig för bland de stora teatrarna och de är mycket intresserade och vi kan nog få nationalteatern att ändra i hösten repertoar för att få in ditt nya drama. Det finns ett stort intresse för ditt senaste drama både hos kritiker och teaterfolk ska du veta. Vad handlar det om den här gången? Är det lika oväntat som "Hydrans kör". Jag kommer ihåg när jag läste det för första gången. 1000 olika karaktärer som växlade på scenen i en avancerad fuga-lik dialog under fem timmar. Det kommer vara omöjligt att spela tänkte jag först, men så fel jag hade. Vilken succé det blev. "Hydrans kör" räknas idag som en av de stora pjäserna i vår tid och som pionjärverket inom den multivokala teatern, det var en genial kakafoni av röster som skapade en helt ny röst i teatervärlden. Eller du har kanske skrivit något lika oväntat som "Elefanten som ville spela Hamlet"? Ingen trodde att det skulle fungera att ha en riktig elefant på scenen i huvudrollen i din nytolkning av Hamlet, men du envisades med att det skulle vara en riktig elefant för trovärdighetens skull. Och vilken succé det blev. Elefanten fick turnera runt om i hela Europa och det var den första elefant, eller djur för den delen, som mottagit en guldmedalj för sitt skådespeleri av den franska teaterakademin.

Under hela tiden som redaktören har pratat har författaren suttit oroligt på sin stol, skruvat på sig, sett sig ängsligt omkring.

Författaren: Nej, inget sånt. Något annat.

Redaktören: Något annat? Nu blev jag nyfiken. Får jag ta mig en titt? *Sträcker fram handen efter manuskriptet. Författaren ger honom pappren tveksamt.* Då ska vi se. Du har skrivit för hand ser jag. Ingen fara, min sekreterare överför det snabbt till datorn. "Lyktgubben". Titeln säger mig inte så mycket, men jag säger inte att jag inte gillar den. Det ger mig inga referenser, det är allt. Det är inte så tjockt det här manuset? Det kan inte ta så lång tid att spela? Missförstå mig inte, dina andra dramer

4

är ju väldigt långa, så jag är bara förvånad av omfattningen på manuset, men det är bra, bara bra, för ärligt talat har publikens förmåga att koncentrera sig minskat de senaste åren, så kortare är bara bra. Då ska vi se...hmm, det står "Scen", men sedan inget mer, det känns som att det saknar scenanvisning i första delen. Eller hur har du tänkt dig?

Författaren: En scen. Mörkt. En man med en lykta.

Redaktören: Hur många skådespelare är pjäsen gjord för?

Författaren: En. Det är en monolog.

Redaktören: Hmm, men det ser ut som om det är många fler personer i dramat? En monolog brukar ju vara för bara en person.

Författaren: Det är bara en som talar. Det är jag.

Redaktören: Du? Jag förstår inte? Jag har skummat de första sidorna lite snabbt men jag får liksom inget grepp om pjäsen. Det är helt annorlunda mot dina tidigare verk. Mer minimalistiskt och väldigt fragmentariskt, meningarna är inte avslutade och det är märkliga hopp i tiden? Kan du berätta lite om handlingen?

Författaren: En man med lykta, som greken.

Redaktören. Greken med en lykta? Aha, du menar Diogenes från Sinope, filosofen som gick omkring mitt på dagen med en tänd lykta och letade efter en ärlig man. Ett klassiskt tema alltså. Inte riktigt vad du brukar skriva, du avskydde alltid klassikerna kommer jag ihåg. Ville alltid skapa något nytt utanför traditionerna. Bryta ny mark och spränga teaterns gränser. Du får nog ursäkta mig, men jag tror att jag får sätta mig ner i lugn och ro och läsa igenom det här. Det verkar lite komplicerat, jag får inget riktigt grepp om pjäsen. Ursäkta mig en stund bara. *Redaktören försjunker i manuset. Ljuset slocknar långsamt, det blir mörkt på scenen. Bredvid författaren tänds en lykta. Författaren tar upp lyktan och börjar gå omkring på den mörka scenen.*

Författaren: Hallå! Det blev mörkt. Hallå? Är det någon här? Så ensamt. Hallå? Någon som hör mig? Ensam igen. Så tyst. Så mörkt. Så kallt igen. *Rösten är ängslig, lite rädd, sorgsen. Vandrar oroligt fram och tillbaka på scenen. Efter ett tag tänds ljuset långsamt. Mitt på scenen en korsning med två stigar med en sten i mitten. På stenen sitter en liten pojke. Författaren kommer till korsningen. Tvekar om vilken stig han ska gå. Först går han till höger. Stannar efter några steg och kliar sig i huvudet. Vänder tillbaka. Går till vänster. Stannar efter några steg gnider skägget och vänder tillbaka. Går till höger. Skakar på huvudet. Vänder tillbaka. Står förvirrad och tittar till höger och vänster osäker om vilken stig han ska ta.*

Pojken: Är du vilse?

Författaren: Något fruktansvärt. Du verkar bekant. Känner vi varandra? Vem är du?

Pojken: Jag är jag och jag är du.

Författaren: Så du är jag och jag är du?

Pojken: Fast mycket yngre förstås.

Författaren: Då är jag mycket äldre förstås. *Ser på stigarna osäkert.* Jag känner inte igen det här. Har jag varit här?

Pojken: Jag har varit här.

Författaren: Då vet du vilken väg jag ska välja?

Pojken: Jag vet bara vilken väg jag valde.

Författaren: Och vilken var det?

Pojken: Fel väg.

Författaren: Då ska jag välja rätt.

Pojken: Det är inte möjligt.

Författaren: Men om du berättar vilken väg du valde. Så väljer jag bara den andra så blir det rätt.

Pojken: Så fungerar det inte. Den väg jag valde var visserligen fel, men om du väljer den andra så finns inga garantier för att den är rätt. Bägge kan vara fel.

Författaren: Varför är det så komplicerat? Varför kan ingen bara säga vad jag ska göra? Alla dessa val och sedan alla dessa kval över att man valt fel någonstans längs vägen. Men som om det spelar någon roll i slutändan? Jag menar alla vägar och val bär ju ändå bara dit.

Pojken: Vet du vart vägarna bär?

Författaren: Du har inte varit där?

Pojken: Så långt har jag inte kommit ännu.

Författaren: Men det har jag. Där är bara mörker i slutet, först det inre mörkret, sedan det eviga mörkret. Jag har redan börjat uppleva det första och jag ser det andra komma allt snabbare mot mig.

Pojken: Nej, säg inte så. Berätta inte mer. Jag måste ännu få hoppas. Jag är så ung. Låt mig drömma om ljuset i slutet.

Författaren: Ljuset? Ja, ljuset, nu minns jag, det var ju det jag sökte från början. Det var ju därför jag kom hit till korsningen, på jakt efter ljuset. Men jag valde fel, nu minns jag, stigen blev bara mörkare med åren, inte ljusare.

Pojken: Du valde fel? Det betyder att även jag går mot mörkret?

Författaren: Jag är rädd för det.

Pojken: Är det inget vi kan göra? Kan vi inte välja en annan väg?

Författaren: Det finns ju bara två stigar? Och båda är fel.

Pojken: Men det måste finnas ett annat sätt, en annan väg. Varför måste man alltid välja? Varför måste man alltid följa en stig. Varför kan man inte bara gå dit man vill?

Författaren: Jag förmodar att man kan göra det. Bara man vet vad man vill. Det är ju ingen här som kan hindra dig. Utom jag, men jag är ju du och du är ju jag.

Pojken: Jag vill inte gå på någon av stigarna. Jag vägrar följa i någon annans fotspår. Jag vill hitta min egen väg. Jag tänker inte gå på någon av stigarna. Vet du vad? Jag tänker gå rakt fram, varken till höger eller vänster, utan rakt fram, rakt över gräset, där ingen annan har gått.

Författaren: Är det den vägen jag ska gå också?

Pojken: Ja, det är den vägen som du gick. *Författaren går rakt fram över gräset, mörkret sänker sig över scenen.*

Författaren: Hallå! Det blev mörkt igen. Hallå? Är det någon här? Så ensamt. Hallå? Någon som hör mig? Ensam igen. Så tyst. Så mörkt. Så kallt igen. *Rösten är ängslig, lite rädd, sorgsen. Vandrar oroligt fram och tillbaka på scenen. Efter ett tag tänds ljuset långsamt. Mitt på scenen en korsning med två stigar med en sten i mitten. På stenen sitter en ung man och skriver i en anteckningsbok. Författaren kommer till korsningen. Tvekar om vilken stig han ska gå. Först går han till höger. Stannar efter några steg och kliar sig i huvudet. Vänder tillbaka. Går till vänster. Stannar efter några steg gnider skägget och vänder tillbaka. Går till höger. Skakar på huvudet. Vänder tillbaka. Står förvirrad och tittar till höger och vänster osäker om vilken stig han ska ta.*

Mannen: Är du vilse?

Författaren: Något fruktansvärt. Du verkar bekant. Känner vi varandra? Vem är du?

Mannen: Jag är jag och jag är du.

Författaren: Så du är jag och jag är du.

Mannen: Fast mycket smartare förstås.

Författaren: Då är jag mycket dummare förstås. *Ser på stigarna osäkert.* Jag känner inte igen det här. Har jag varit här?

Mannen: Du var här alldeles nyss. Fast då var jag yngre. Minns du inte?

Författaren: Nej, jag minns inte. Mörkret äter upp ljuset inom mig. Allt suddas långsamt ut av livets eviga skymning.

Mannen: Så vackert sagt. *Antecknar i sin bok.* Är ni författare också?

Författare: Nej, potatis.

Mannen: Va originellt. Jag har aldrig träffat en poetisk potatis förut.

Författare: Sa jag potatis? Det menade jag inte. Det var något annat jag ville säga som började på P. Vad skriver ni?

Mannen: Bara olika idéer för en pjäs.

Författaren: Jag brukade också få fantastiska idéer när jag var ung, men jag brukade alltid glömma dem innan jag hann skriva ner dem. Jag hade förmodligen blivit berömd om jag inte glömt allt vad jag tänkte säga.

Mannen: Så ni är författare. Vad har ni skrivit för kända saker?

Författaren: En gång skrev jag en pjäs om en el...vad heter det nu, jag glömde bort namnet, du vet det där dammsugardjuret på Zoo som börjar på e?

Mannen: Krokodil?

Författare: Krokodil börjar väl inte på e?

Mannen: El-krokodil gör det.

Författaren: Vad är det för djur?

Mannen: En krokodil som producerar el. Den har solceller på ryggen.

Författaren: Vilken fantasi ni har! Hur kommer ni på allt?

Mannen: Det har jag glömt.

Författaren: Har du drömt det?

Mannen: Ja så var det, det fanns bara där, som i en dröm. El-krokodilen och allt annat jag kommer på. Du minns inte?

Författaren: Nej, jag minns inte.

Mannen: Betyder det att även jag kommer att glömma?

Författaren: Det kommer jag inte ihåg. Jag minns bara att det blivit mörkare och dunklare på sista tiden, mer otydligt med åren, och till sist slocknar ljuset helt tror jag.

Mannen: Men det är så mycket jag redan har glömt som jag måste minnas. Jag måste skriva ner allt jag glömt innan det är försent. *Reser sig från stenen och rusar iväg. Mörkret sänker sig över scenen.*

Författaren: Hallå! Det blev visst mörkt igen. Hallå? Är det någon här? Hallå? Är det någon som hör mig? Ensam igen. Så tyst. Så mörkt. Så kallt igen. *Rösten är ängslig, lite rädd, sorgsen. Vandrar oroligt fram och tillbaka på scenen. Efter ett tag tänds ljuset långsamt. Mitt på scenen en tron med en muskulös Djävul som sitter ensam i helvetet.* Dig känner jag igen! Här har jag varit förut. Du är jag och jag är du.

Djävulen: Fast mycket mer vältränad förstås.

Författaren: Då är jag i mycket sämre kondition förstås.

Djävulen: Du minns mig och den här platsen?

Författaren: Det är den enda plats som jag vill glömma, men som jag inte kan glömma. Jag minns första gången jag kom hit. Jag blev förvånad att det var så kallt, så mörkt, så ensamt. Jag trodde det skulle vara fullt med andra, fullt med skrik och oljud, hett och ljust.

Djävulen: Varför blev du förvånad? Det var precis som du hade skapat det.

Författaren: Ja, det var det jag var rädd för att det skulle vara precis som jag hade tänkt mig, mörkt, kallt och ensamt.

Djävulen: Ändå återvände du hela tiden hit?

Författaren: Det var ju den enda plats jag kom ihåg och som jag hittade tillbaka till. Det blev med tiden en trygg plats, nästan som hemma. Även om allt var fruktansvärt, kallt, mörkt och ensamt så var det alltid samma. Ingenting förändrades till skillnad för resten av världen som hela tiden skiftade form. Det var likadant varje gång jag kom hit, man vande sig med tiden. Men varför straffar du mig nu?

Djävulen: Jag? Varför straffar du dig själv borde du fråga. Jag är som bekant du, allt jag gör mot dig, gör du mot dig själv, det är det eviga Sisyfos straffet som ingen kan undgå.

Författaren: Sisyfos. Alltid dessa klassiker. Jag avskyr dem. De återupprepar ständigt våra brister, våra fel och felaktiga livsval. De är som ett hjul av meningslöst lidande som vi inte kan undfly. Jag ville skapa något nytt. Något som ingen annan hade skapat. Jag ville gå min egen väg och skapa en egen värld utanför världen. En egen verklighet som jag kan kontrollera.

Djävulen: Du gick ju din egen väg, kommer du inte ihåg? Ändå hamnade du här.

Författaren: Betyder det att det inte finns någon utväg?

Djävulen: Bara illusionen av en utväg. En kort dröm om ljuset som sedan slocknar och mörknar. Evighetens mörker är obarmhärtigt.

Mörkret sänker sig över scenen.

Författaren: Hallå! Det blev mörkt igen. Hallå? Är det någon här? Hallå? Är det någon som hör mig? Ensam igen. Så tyst. Så mörkt. Så kallt igen. *Rösten är ängslig, lite rädd, sorgsen. Vandrar oroligt fram och tillbaka på scenen. Efter ett tag tänds ljuset långsamt. Mitt på teaterscenen står en elefant med en döskalle i handen.*

Elefanten: Att vara eller inte vara det är inte en fråga det är ett existentiellt dilemma.

Författaren: Är du också jag och jag du?

Elefanten: Nej, jag är Hamlet, du är bara du.

Författaren: Du ser ut som ett sånt där djur på Zoo. Vad heter det nu? Med dammsugare fram...en elekott?

Elefanten: Elekott? Ja, det stämmer. Du är den första som gissat rätt. Jag är en elekott.

Författaren: Men finns verkligen en elekott? Det låter inte rätt. Det låter påhittat.

Elefanten: Ingenting finns förrän du har skapat det. Vill du att jag ska vara en elekott så är jag det, men helst vill jag vara Hamlet.

Författaren: Hamlet? En av dessa klassiker som hemsöker mig. Nej, jag vill inte att du ska vara Hamlet, jag vill att du ska vara en elekott. Du kan vara släkt med el-krokodilen.

Elefanten: El-krokodilen? Är det han med solceller på ryggen?

11

Författaren: Ja precis. Känner du honom?

Elefanten: Ja, det är min bror. Vi driver en eko-städfirma tillsammans när jag inte jobbar på teatern. Jag dammsuger och han förser mig med miljövänlig el.

Författaren: Men hur gör ni när det är mulet ute och ingen sol?

Elefanten: Då tänder vi bara lamporna så laddas min bror upp av dem.

Författaren: Det verkar på något sätt ologiskt.

Elefanten: Du kan inte förvänta dig att saker ska vara banbrytande och nyskapande om det samtidigt ska följa de lagar och normer som du vill bryta, det är väl ologiskt om något, eller har du glömt det?

Författaren: Jag kommer inte ihåg. Allt är så otydligt. Det mörknar igen.

Elefanten: Dina batterier håller kanske på att ta slut? Om el-krokodilen hade varit här hade vi kunnat ladda upp dig igen. Men nu slocknar snart ditt ljus. Det lyser allt svagare.

Författaren *tar upp lyktan och öppnar den*: Det är slut, när någon blåser ut ditt ljus. Då finns bara mörkret kvar. *Blåser ut ljuset. Scenen blir kolsvart. Ljuset tänds långsamt på scenen. Författaren sitter på stolen framför redaktören som i första scenen.*

Redaktören *ser bekymrad upp från pappren*: Jag är ledsen Gunnar. Vi kan inte ge ut det här. Ärligt talat så håller det inte. Ingen skulle förstå det här. Det är helt enkelt ospelbart. Det är bara lösryckta fragment nedklottrade på ett papper. Och vad är en elekott? Nej, jag är ledsen min vän. Det här fungerar inte. Det är kanske bäst att inse att man ska sluta i tid innan mörkret slukar en helt.

Författaren tar sin släckta lykta och börjar gå mot dörren. Stannar mitt på scenen och håller upp lyktan och ser på den. Funderar. Vänder sig mot publiken.

Författaren: Det var något jag tänkte säga till er. Något viktigt som jag tänkt på hela mitt liv, men jag minns inte längre vad det var. Men det var viktigt, det minns jag. Det var något om mörkret…mörkret som slukar oss alla till slut. *Mörkret sänker sig över scenen.*

Ett, tu, tre – ridå

Scen: En radhusträdgård en varm sommardag. En enkel dekor som visar en trädgårdsrabatt mot ett trästaket. Eva står i shorts och bikini vid blomrabatten och håller på att plantera en rosenbuske. Adam, i shorts och bar överkropp, kommer ut från huset med en kaffebricka med två kaffekoppar och en bit rykande äppelpaj. Han ställer ner brickan på ett litet vitt cafébord med två stolar som står på gräsmattan.

Adam: Eva nu kommer jag med lite frestelser. Varm nylagad äppelpaj.

Eva: Tack, det kan jag behöva efter att jag har planterat den här rosenbusken. Kan du inte komma och säga vad du tycker?

Adam går bort till Eva. De står med ryggen mot publiken och tittar på busken.

Eva: Min nya buske är lite yvig. Tycker du inte? Jag tror jag måste trimma den.

Adam: Jag tycker det är ganska fint med en yvig buske. Det blir lite mer levande då i rabatten.

Eva: Jag vill nog trimma den lite iallafall så den får en mer triangulär karaktär.

Eva klipper lite på busken Så nu känns det genast bättre. Men busken verkar lite ledsen Adam. Den skulle nog behöva lite stöd och uppmuntran. Kan du inte hjälpa mig att stoppa ner den här pålen och stötta busken?

Adam tar upp pålen från gräsmattan.

Adam: Jag tror det är lite för torrt för att få ner pålen i busken. Vänta ska jag känna efter med handen. *Gräver en bit ner i marken med handen.* Det är bara på ytan det är torrt Eva! Längre in är det fuktigt. Det ska nog gå att få ner pålen om vi hjälps åt.

De tar tag i pålen tillsammans och dunkar den mot marken medan de stönar av ansträngning.

Eva: Du måste trycka hårdare Adam annars går den inte in. *De dunkar pålen snabbare och hårdare ner i marken medan de stönar av ansträngning.* Ja, nu känner jag att den är på väg ner i hålet. Fortsätt så. Det är skönt när det går bra Adam.

Adam: Det är så svettigt Eva.

Eva: Ja, men snart är det klart. Då är det skönt.

Adam: Ja, nu är den nere. Se Eva så fint pålen står mitt i din nytrimmade buske.

Eva: Ja, det var en stilig påle som står mitt i min buske. Men busken ser lite torr ut, vi måste nog vattna den också. Ta slangen Adam och spruta på min nyansade buske.

Adam tar fram trädgårdsslangen och sprutar på busken.

Adam: Oj, vad mycket det kom Eva. Hela busken blev våt.

Eva: Ja, vad mycket du sprutade Adam. Det kom på busken och på min mage också. Nej, nu behöver jag vila mig innan vi fortsätter. En bit äppelpaj skulle sitta fint.

De sätter sig vid cafébordet och häller upp kaffe och tar en bit paj var.

Adam: Eva vill du ha lite grädde på din äppelpaj?

Fadern: Ja tack, spruta lite grädde åt mig Adam.

Adam tar upp sprutgrädden och skakar den. Trycker till hårt så grädden sprutar över pajen och Evas kläder och upp i ansiktet.

Eva: Men Adam! Nu blev du för ivrig. Du kom för snabbt med grädden. Jag har grädde överallt på bröstet och i ansiktet. *Tar en bit grädde från ansiktet med fingret och suger sensuellt av fingret.* Men det är gott med grädde. Det smakar så sött.

Adam: Det var inte meningen Eva. Det var så länge sedan jag sprutade grädde på äppelpaj så jag blev lite ivrig och tryckte för hårt.

Eva lutar sig över bordet och viskar till Adam.

Eva: Adam tycker du inte att kvällens föreställning är lite märklig?

Adam: Hur då märklig?

Eva: Jo, allt vi säger känns så...sexualiserat...snuskigt...allt verkar betyda någonting annat om du förstår vad jag menar.

Adam: Det har jag inte tänkt på. Men när du säger det så ser jag vad du menar.

Eva: Tror du han har börjat dricka igen?

Adam: Vem då?

Eva: Han där. *Pekar lite vagt på dekoren som föreställer en blomrabatt med staket.*

Adam: Det hoppas jag verkligen inte. Du minns hur det gick förra gången.

Eva: Det är det jag är rädd för ska hända igen.

Adam: Det är nog ingen fara ska du se.

Eva: Nej, nu ska jag gå och vila mig lite och tvätta av mig grädden och byta kläder. Man blir svettig av allt trädgårdsarbete.

Adam sitter kvar en stund och dricker sitt kaffe. Går sedan in i huset. Han kommer tillbaka klädd som Romeo med en värja vid sidan och ställer sig under husets balkong.

Romeo: Julia, är du vaken eller sover du?

Eva som nu är klädd som Julia med kjol och blus med tydligt dekolletage kommer ut på balkongen. Lutar sig mot räcket.

Julia: Jag är vaken kära Romeo. Jag sov så sött en stund.

Romeo: Julia vilken fin balkong du har. Den är så frodig med all sin grönska. Man skulle vilja sticka in näsan bland alla de ljuvliga rosenknopparna och bara lukta.

Julia: Ja, Romeo. Det är en stadig balkong som jag har, men rosenknopparna har inte blommat ut ännu utan är fortfarande små och styva av kvällskylan. Men jag ser att du har din nya värja med dig. Vill du inte visa den för mig?

Romeo: Jag vet inte Julia. Den är ganska lång och blank, och du blir kanske rädd.

Julia: Var inte blyg Romeo. Om du visar din värja så ska du få se min kisse. Den är rödhårig och näpen.

17

Romeo: Är det säkert att jag får se din kisse? Får jag klappa den också?

Julia: Bara om jag får se din värja först.

Romeo: Okej då. *Dra värjan ur skidan.* Se Julia min nya värja. Visst är den fin och stor.

Julia: Åh, den var längre än jag trodde Romeo. Och så blankt. Men den verkar farligt Romeo.

Romeo: Ingen fara min älskade jag ska vara försiktig och inte skada dig Julia. Jag vet hur man hanterar en värja. Får jag se din kisse nu?

Julia lyfter på kjolen och plockar fram en liten rödhårig kattunge under kjolen.

Romeo: Så söt och näpen din kisse är Julia. Kom ner så jag får smeka din lilla kisse. Du kan få hålla i min långa värja om du vill.

Julia: Jag kommer Romeo min älskade. *Julia går nedför balkongen och ställer sig bredvid.*

Romeo: Åh Julia du är så vacker i kväll. Jag skulle vilja sticka min värja djupt in i din lilla kisse så blodet bara sprutade.

Julia: *Chockad.* Men vad säger du!?

Romeo: Förlåt, jag vet inte vad som tog åt mig.

Julia: Nej, nu har jag fått nog. Det är precis som förra gången. Jag slår vad om att han sitter och super igen. *Julia går med raska steg bort mot dekoren som hon drar undan. Bakom den sitter författaren i t-shirt och kalsonger vid sin laptop och skriver. På bordet står tomma whiskyflaskor. Författaren är neddekad och full.* Vad håller du på med din snuskhummer?! Vad är det för snusk du sitter och skriver? Du förstör en romantisk klassiker med dina perversa idéer. Jag tänker inte ställa upp på sånt här snusk och sex längre. Hör du det? *Julia och Romeo fortsätter ljudlöst att gräla på författaren. Scenen mörknar.*

Mellanspel.

Ett konferensrum på ett stort TV-företag lyser upp på andra sidan av scenen. Runt ett bord sitter programchefen och några konsulter och spånar på nya programidéer.

Programchefen: Vi behöver nya fräscha, häftiga programidéer. Vi tappar tittare. Vi behöver något nytt snabbt. Vad har ni för förslag?

Konsulterna tittar på sina datorer och letar.

Konsult1: Vad sägs om ett kombinerat kärleks- och bakprogram som kan heta "Mitt i smeten". Deltagarna bakar och detjar med varandra samtidigt. Det par som vinner får göra bröllopstårtan tillsammans i finalen?

Programchefen: Inte så dåligt, men känns som om det redan finns liknande program. Vi behöver något helt nytt.

Konsult2: Men en talangshow för husdjur då. En jury får kora Sveriges mest talangfulla husdjur? Hundar som kan cykla, kaniner som kan räkna, katter som kan jonglera.

Programchefen: Nej, det känns gammalt.

Konsult3: Vad sägs om tonåringar som får fria händer att totalrenovera sina föräldrars hus medan de är på semester? Wrecking teens!

Programchefen: Nej, nej, vi behöver något helt annorlunda. Något som ingen redan har sett. Har ni inga andra idéer?

Konsulterna tittar på sin laptop, tittar på varandra och skakar på huvudet. Verkligen, är det ingen som har något nytänkande programförslag?

Dörren till konferensrummet slås upp. Det väller in rök, rockmusik spelas, en gestalt uppenbarar sig i dörröppningen. När röken har lagt sig ser man författaren i kostym, solglasögon, med en cool och slick stil.

Författaren: Jag har några idéer. *Han går självsäkert fram till bordet. Slår upp sin dator och visar ett häftigt bildspel och börjar prata.*
Mina herrar. Realitykonceptet är dött och begravet, vad publiken vill ha idag är hyperrealitet på skärmen. Låt mig få presentera Ass Hole TV. Vi får under 24/7 följa rövhålet på en kändis. Det kan vara en influenser, en skådespelare, en fotomodell, en politiker eller annan känd personlighet. Det hela filmas och streamas i realtid i FASV alltså First Asshole Shiter View. Dvs allt är filmat ur skithålets perspektiv. Det är intimt, skitigt, fult och hyperverkligt. Vi visar vad ingen annan visar. Vi visar allt. Med små mikrokamera placerade i olika vinklar runt anus kan tittaren få en spännande och exklusiv första titt på The Shit!
Programchefen och konsulterna är helt exalterade: Mycket bra, mycket bra! Det ska vi ha!
Författaren: Mitt andra förslag är ett tävlingsprogram som heter "Är det inte lik så säg?" Släktingar tävlar i lag mot varandra om att försöka identifiera olika lik som vi har grävt upp på kyrkogården. I början är det förstås enkelt t ex en förälder som nyligen dött i en allvarlig bilolycka, med likfläckar och krossad skalle, men sedan stegras förstås svårighetsgraden och chansen att vinna mer pengar. En avlägsen moster halvrutten med krälande likmaskar, en okänd halvbror som legat bortglömd i sin lägenhet under flera månader och blivit mumifierad eller en syssling bränd till en kolhög i en lägenhetsbrand. Sedan ska deltagarna försöka känna igen vem släktingen är före det andra laget. Det finns förstås flera olika lekmoment i programmet där man kan samla extra poäng som "Lika gott som…" där man får avgöra vad som är en del av ett lik och vad som är något annat oätbart. Eller "Kändis i kistan?" där deltagarna ska försöka gissa vilken kändis som vi har lagt i en kista på väg in i krematorieugnen. Det gäller att gissa rätt

snabbt innan personen brinner upp. Sedan finns det förstås andra skojiga lekar för hela familjen.

Programchefen och konsulterna klappar händerna: Mycket bra, mycket bra! Det ska vi ha! *De korkar upp champagneflaskor och hyllar författaren. Scenen sänks sakta i mörker.*

Vi ser Tristan och Isolde som sitter på en picknickfilt mitt på scenen.

Tristan: Min kära Isolde tror du att det är säkert nu? Kan vi fortsätta utan fler avbrott? *Tittar osäkert bort mot dekoren.*

Isolde: Min älskade Tristan jag tror det. Jag gav honom en utskällning som heter duga.

Tristan: Ja, du blev verkligen arg på honom.

Isolde: Jag tål inte att bli sexuellt trakasserad av gamla pervgubbar.

Tristan: Ett tag var jag rädd att du skulle ta till våld. Det såg nästan ut som om du ville strypa honom.

Isolde: Ja, det skulle han säkert ha gillat.

Tristan: Ja, han verkar vara den typen som gillar att bli dominerad av en stark kvinna.

Isolde: Ja, han gillat säkert hårda tag. Som ett stryptag och att bli uppiskade ordentligt.

Tristan: Ja, man vet hur sådana där pervgubbar är.

Isolde: Ja, de längtar bara efter att bli straffknullade av en ung kvinna med en strapon.

Tristan och Isolde *ser på varandra förskräckta. Säger samtidigt*: Men sluta då din snukshummer!!!

Författaren kommer snabbt gående med laptopen under armen.

Isolde: Vart ska du?

Författaren: Jag slutar. Jag har sagt upp mig. Jag har blivit erbjuden ett nytt jobb på TV. Jag skickade in några programidéer som de nappade direkt på. Det är mycket bättre betalt än det är skitjobbet och så har jag fria händer och får göra vad jag vill och vara med och producera och bestämma över mina nya spännande program som "Ass Hole TV" och "Är det inte likt säg".

Isolde: Vänta men vad händer med den här pjäsen då?

Författaren: Den blir väl nedlagd som allt annat. Jag bryr mig faktiskt inte. Jag är så dj**la less att man inte ens får säga f***a eller k*k på scenen utan att bli anmäld av någon, då kan jag lika gärna göra TV och få bra betalt.

Tristan: Men vad ska vi hitta på då?

Författaren: Ni kan väl börja jobba på TV också?

Isolde: Jag vet inte. Säljer vi inte ut oss till de kommersiella krafterna då?

Tristan: Men vi måste ju leva också eller hur? Är det bra betalt?

Författaren: Mycket bra. Och så kan man göra reklam när man blir lite kändare. Där finns de riktigt stora pengarna att tjäna.

Tristan: Jag är intresserad iallafall.

Isolde: Jag också! Det finns kanske en liten roll för oss i några av dina nya program? Jag skulle till exempel kunna spela en dum influenser som gör sminkreklam.

Tristan: Och jag en hyperaktiv youtuber som gör allt för lite pengar.

Författare: Ja, när jag tänker efter behöver jag några färgstarka karaktärer till mina nya TV-program. Några personer med skådespelarvana som kan spela riktigt dryga och dumma personligheter.

Tristan och Isolde: Det kan vi göra!

Författaren: Perfekt, kom nu så ska vi skriva TV-historia.

Ridå.

Elefanten i rummet

Scen: Fadern sitter på en stol och läser i en bok. Han stirrar på bokstäverna. Sveper med handen över sidan och försöker borsta bort något. Stirrar ner i sidan och slår sedan till boken med handflatan. Borstar med handen över sidorna. Skakar boken. Börja läsa igen. Sonen tittar förvånat på honom. Fadern upprepar samma procedur igen.

Sonen: Vad gör du?

Fadern: Det är något svart i boken som kryper.

Sonen: Det kallas för bokstäver. Ta på dig glasögonen så ska du se att de sitter fast.

Fadern upprepar samma procedur igen.

Sonen: Men vad gör du?

Fadern: Det kryper ju i boken.

Sonen: Det gör det inte alls. Låt mig se. *Tar boken från fadern och öppnar den. Ryggar förskräckt tillbaka.* Det kryper ju i boken!

Fadern: Det är ju det jag säger.

Sonen: Det är ju boklöss! Bibliofilia anoplura på latin. Du måste ju sanera böckerna förstår du väl. Se de har redan börjat äta upp sidorna. Alla punkter och skiljetecken har de redan gnagt bort.

Fadern: Vad säger du? Får jag se! *Rycker till sig boken. Tar på sig glasögonen.* Herregud, det är ju rena James Joyce monologen in den här boken. Berättelsen har förvandlats till en verbal ångvält utan pausering. Det påminner mig om din mor. Så fort hon öppnade munnen på morgonen så började hon prata och hon slutade inte förrän än somnade, nej, inte ens då, få då snarkade hon förskräckligt eller pratade i sömnen, det var aldrig tyst. Tänk om...*Går bort till bokhyllan. Tar fram en annan bok som han öppnar. Bladen som är fulla med hål ramlar ur pärmen.* Nej! Det får inte vara sant! *Han tar en ny bok som också är alldeles uppäten.* De har ätit upp mina böcker. Mina barn. De har dödat mina barn!

Sonen: Det är ju bara böcker.

Fadern: Bara böcker? Det är ju mitt liv, mina minnen, mina känslor. Den här boken läste jag när jag satt på bussen för att besöka din mamma för första gången. Och den här när jag låg på stranden på Mallorca när vi var på smekmånad. Och den här? Nej, vänta den här ska inte vara här. Hur har den hamnat här.

Sonen: Får jag se.

Fadern försöker gömma undan boken.

Fadern: Nej, det var inget. Jag misstog mig.

Sonen: Fåna dig inte. Ge mig boken. *Tar boken från faderns hand.* Det är ju Lars Norens drama "Far, son moder". Jag tyckte väl att jag kände igen inledningen. Så det är därifrån du har snott allt ifrån?

Fadern: Snott, varför säger du snott! Jag har möjligen inspirerats av den. Det är en helt annan sak.

Sonen: Brott mot upphovsrätten. Tjuvaktigt rent ut sagt. En simpel stöld. Plagiat av en stor dramatiker.

Fadern: Det är inte stöld om man inte ertappas.

Sonen: Vem är det nu du citerar? Är det Baldassare Castiglione nu igen?

Fadern: Ja, men det är ju ingen som vet vem han är idag. Och det är fullt lagligt att citera och ta material från folk som har varit döda i flera hundra år. *Fortsätter att gå igenom böckerna i bokhyllan.* Vilken tur att de inte har hunnit gnaga på mitt drama "Stenen". Boken är orörd.

Sonen: Den var väl oätlig som resten av dina texter.

Fadern: Varför är du här egentligen? Varför har du kommit hit egentligen? För att tigga pengar?

Sonen: Tigga pengar? Jag betalar ju allt för dig. Boende, resor, mat och böcker. För att du inte kan försörja dig på dina dramer som ingen vill läsa eller sätta upp.

Fadern: Ja, så var det visst. Nu kommer jag ihåg. Jag har till och med skrivit ett drama om mitt misslyckande författarskap. Ja, här är det. "Den misslyckade författaren: Ett drama i tre olyckliga akter". Men varför är du här egentligen? Vad vill du?

Sonen: Är du senil? Du ringde ju och bad mig att komma. Du hade något viktigt att berätta. Kommer du inte ihåg?

Fadern: Ringde jag? Hade jag något att berätta? Något viktigt säger du? Vad skulle det kunna vara? Jag har kanske fått Nobelpriset i litteratur?

Sonen: Det är osannolikt. Det kommer aldrig att hända.

Fadern: Dramaten vill sätta upp min senaste pjäs!

Sonen: Inte en chans.

Fadern: Ett förlag vill ge ut mina samlade skrifter?

Sonen: Du hallucinerar.

Fadern: Nu kom jag på det! Kronofogden skickade mig ett brev och ska sälja huset på exekutiv auktion.

Sonen: Va! Men hur är det möjligt? Du har ju fått pengar varje månad av mig för hyran. Vad har hänt med dem?

Fadern: Hänt? Med vad då?

Sonen: Pengarna.

Fadern: Vilka pengar?

Sonen: Försök inte. Vad har du gjort med pengarna? Du har köpt böcker för dem? Eller hur! Erkänn!

Fadern: En och annan liten bok kanske, men inte så många.

Sonen: Nej, men dyra. Jag känner dig. Vad har du köpt nu för idiotiska böcker? *Börjar rota igenom bokhyllorna. Hittar en bok inlindad i tyg undanstoppad bakom de andra böckerna. Öppnar boken. Bläddrar försiktig i den. Läser:* Första utgåvan av Joseph Conrads "Mörkrets hjärta" dedikerad av författaren själv. Den måste ha varit dyr.

Fadern: Jag tänkte inte behålla den, utan jag ska sälja den när priset går upp. Det är en investering förstår du.

Sonen: Lycka till med det. Boklössen har gått lös på den här också. De har ätit upp flera av orden på första sidan så nu lyder inledningen: "Nellie, yawl, swung her flutter of sails."

Fadern: Det låter ganska poetisk och...oanständigt tycker jag. Men vad hjälper det. Då är jag ruinerad. Allt är slut. Pengarna är borta. Kronofogden kommer att ta huset och alla mina böcker. Jag kommer att få bo på gatan...om inte...om inte...

Sonen: Om inte vad då?

Fadern: Om inte mitt nya drama blir en succé!

Sonen: Det är väl inte så troligt. Du har större chanser om du går ut och köper en trisslott.

Fadern: Vänta, när du får höra handlingen så kommer du att förstå varför jag är så entusiastisk. Du har aldrig hört något liknande förut. *Tar fram manuset och börjar med inlevelse att berätta.* Det handlar om två personer. De väntar på en man som de stämt möte med, men han kommer aldrig och de vet inte om de ska fortsätta vänta eller gå iväg. Visst låter det bra!

Sonen: Det där är ju handlingen "I väntan på Godot" av Samuel Beckett. Det är ju redan skrivet. Kan du aldrig hitta på något eget?

Fadern: Beckett, Godot? Har jag aldrig hört talas om förut. Handlar den också om herr och Fru Grönkvist som väntar på en rörmokare som aldrig dyker upp, och eftersom de är på väg till goda vänner på ett kalas, är de osäkra om de ska fortsätta vänta eller bara bege sig iväg. De vill bra gärna att rörmokaren ska komma och fixa deras rinnande toalett, för det är väldigt svårt att få tag i en rörmokare idag som du vet, men de vill också gärna gå på kalas hos paret Olsson som det var länge sedan de träffade. Det är en svår sits de har hamnat i. En toasits så att säga. De börjar gräla om hur de ska göra. Det låter väl spännande och unikt?

Sonen: Det är fortfarande samma handling som "I väntan på Godot". Den ständiga existentiella ångesten och frågan om meningen med livet. Den rinnande toaletten är förstås en metafor för livet som bara rinner iväg, allting flyter, panta rei som den gamle greken sa.

Fadern: Vem? Toaletten? Det är ju bara en trasig toalett? Jag fick inspiration från min egen toalett. Du vet hur den alltid rinner och det är omöjligt att få tag i en rörmokare. Lovar de att komma på måndag så ringer de vid lunch och lämnar återbud och lovar att komma på torsdag, men man väntar hela torsdagen på att de ska komma och så lämnar man huset i fem minuter för att göra ett kort ärende så banne mig sitter det inte en lapp på dörren att rörmokaren har varit där, men då ingen var hemma har han åkt igen och ber en ringa och boka en ny tid. Så har det hållit på flera månader. Toaletten rinner fortfarande och stör min nattsömn. Jag blir kissnödig av att höra hur den rinner hela natten så jag måste springa på toaletten flera gånger varje natt vilket leder till att den rinner ännu mer och jag blir ännu mer kissnödig. Det är som ett evigt helvetetsdrama av Sartre.

Sonen: Kan du inte bara stänga av vattnet och kissa i en potta istället?

Fadern: Kissa i en potta. Tror du jag är någon barnunge va? Det är under min värdighet. Förresten har jag ingen potta.

Sonen: Du kan ta den här gamla militärhjälmen och använda den som en potta.

Fadern: Vet du inte att den här hjälmen hade min farfar under första världskriget? Skulle jag pissa i en hjältes hjälm och förolämpa min förfader?

Sonen: Han var inte med i andra världskriget. Han var en vanlig skogsarbetare från Norrland. Den där hjälmen har du ju köpt på ett överskottslager.

Fadern: I en av mina pjäser var han iallafall krigshjälte. I "Mannen som aldrig dog" slogs han mot tyskarna. Ensam besegrade han ett helt kompani och bar sina skadade kamrater i säkerhet över minfälten och taggtrådsstängsel. Det var dessutom natt och han var skadad. Nämnde jag att han också hade tappat en sko och hade håll i sidan, nej, jag menar förstås hål i sidan, han var skadad av en kula, men trots det klagade han inte över sin situation utan fullföljde sitt uppdrag som en riktig hjälte.

Sonen: Du har iallafall livlig fantasi, det måste jag erkänna. Du borde lära dig av din farfar att inte klaga så mycket.

Fadern: Var la ja det nu?

Sonen: Vad letar du efter nu? Kan du aldrig sitta still?

Fadern: Brevet från kronofogden. Jag la det här någonstans. Aha, precis där jag la det, på golvet under stolen.

Sonen: Få jag se vad det står. *Går fram och snappar åt sig brevet. Läser.* Det här är ju inte från Kronofogden. Det är ju ett reklamblad från Kronomäklarna om undrar om du vill sälja ditt hus. De har sålt hus i området och har flera spekulanter. Ibland undrar jag om du ens kan läsa?

Fadern: Vad säger du? Undrar de om jag vill sälja mitt hus? Varför skulle jag vilja det? Så Kronofogden kommer inte att sälja huset?

Sonen: Nej.

Fadern: Det var ju rena deux ex machina på den scenen. En osannolik vändning på ett omöjligt problem. Vilken lättnad, jag är räddad. Kanske kan jag skriva ett drama om det? Den stackars ensamma gamla mannen som hotas av vräkning av den elaka ondskefulla staten. Den stackars mannen som tvingas bort från sitt trygga kära familjehem ut i mörkret och kylan, men som i sista stunden räddas av sin väna godhjärtade dotter som varit försvunnen under många år och som nu äntligen återförenas med fadern när han står på ruinens brant. I sista stund hittar den goda osjälviska dottern en gammal bok i bokhyllan som är värd en förmögenhet och som löser alla deras ekonomiska problem så de kan bo kvar som en enda lycklig familj i huset som fadern byggt med sina bara händer. Och så kommer ett brev med expressbud. Fadern har tilldelats Nobelpriset i litteratur. De har äntligen upptäckt vilket geni han är och fadern tar med sin kära underbara dotter på en världsturné där han hyllas som en mästerlig författare. Ridå.

Sonen: Det troliga är nog att dottern skulle behålla boken för sig själv och sedan sätta sin senila gamla pappa på ålderdomshemmet eftersom hon inte står ut med hans eviga pladder och sedan lever loppan för alla pengarna. Ridå.

Fadern: Se där är skillnaden mellan dig och mig. Jag är komikern i familjen och du tragedören som alltid förväntar det värsta av livet.

Sonen: Ja att du är komisk kan vi nog alla vara överens om.

Fadern: Jag är som den stora Moliere, jag förväntar mig av livet att allt löser sig till det bästa i slutet, medan du är mer som Shakespeare, död och sorg innan ridån går ner. Därför är jag bekymmersfri och inte tyngd av livets allvar som du.

Sonen: Inte undra på att du är bekymmersfri. Du behöver ju inte ta hand om och försörja din gamla pappa. Utan kan sätta sprätt på din sons pengar och göra som du vill hela dagarna.

Fadern: En konstnär kan inte vara bunden av det världsliga. Utan han lever i fantasin och fiktionens värld.

Sonen: Det hade underlättat om du även kunde äta dig mätt på fantasimaten och dricka fiktionsvinet. Hade du dessutom bott i ett luftslott och spenderat alla dina fantasiljoner på imaginära böcker så hade allt varit mycket enklare för mig. Men nu är det som det är. Inget jag kan ändra på. Låt oss istället pratat om elefanten i rummet.

Fadern: Elefant? Vilken elefant? Vad pratar du om?

Sonen går bort till en stol som är täckt med en filt. Han drar bort filten. Under filten finns en stor gosig tygelefant.

Sonen: Den här elefanten.

Fadern: Men, en elefant, hur har den kommit dit?

Sonen: Det vet du mycket väl, du tog den från mig när jag var liten. Jag sparade hela sommaren för att kunna köpa den och sen tog du den bara en dag.

Fadern: Tog och tog, jag lånade den ett tag bara. Den inspirerade mig. Det var tack vare den jag kunde skriva mitt drama "Elefanten i rummet". Det var ett drama i Ionescos anda.

Sonen: Du tog den och sa att en tjuv brutit sig in och stulit den. Hur kan man göra så mot ett barn? Hur egoistisk kan man vara? Jag älskade den elefanten. Det var min elefant.

Fadern: Nä, nu tycker jag det är lite kyligt här. Undrar om elementen är på. *Går bort och känner på dem.* Ja, lite ljumna är de ju. Det blåser ute, det är därför som det känns så kallt inne. Det drar från fönstren förstår du. De är inte täta. Så är det med gamla hus. Man skulle kanske täta dem om man fick tag i någon hantverkare. Undra om det kommer någon snö snart?

Sonen: Snö? Det är ju mitten av juli. Du försöker bara komma bort från ämnet.

Fadern: Vilket ämne?

Sonen: Elefanten i rummet.

Fadern: Jasså den ja, nej, den har jag inte glömt. Inte heller att du brände upp mitt manus till pjäsen "Elefanten i rummet". Vet du att det fanns en teaterchef som var intresserad av att sätta upp den? Jag skulle bara korrekturläsa manuset och skicka in det så skulle allt vara klart. Men du tog det från mitt skrivbord och kastade in det i elden. Det var min chans, mitt stora genombrott, men du tog min dröm bokstavligen ur min hand och brände den till aska.

Sonen: Det där hittar du på. Det har aldrig hänt.

Fadern: Hittar på! Varför säger du hittar på! Står det inte svart på vitt här! *Rotar fram ett manus ur skrivbordet. Titta! Pekar på ett parti i texten och läser:* "Det fanns en teaterchef som var intresserad att sätta upp mitt nya drama 'Elefanten i rummet'.

31

Jag skulle bara korrekturläsa manuset och skicka in det så skulle allt vara klart. Men min elaka son tog manuset från mitt skrivbord och kastade in det i elden. Det var min chans, mitt stora genombrott, min dröm som han bokstavligen slet ur min hand och brände till aska." Skulle inte det vara sant! Det står ju i min självbiografi som jag håller på att skriva!

Sonen: Den är väl som resten av ditt liv, en stor lögn.

Fadern: Varför är du här? Vad vill du mig? Kan du inte lämna mig ifred!

Sonen: Du ringde ju och bad mig att komma. Du hade något viktigt att berätta. Kommer du inte ihåg?

Fadern: Ringde jag? Hade jag något att berätta? Något viktigt säger du? Vad skulle det kunna vara? Jag har kanske fått Nobelpriset i litteratur?

Sonen: Det är osannolikt. Det kommer aldrig att hända.

Fadern: Dramaten vill sätta upp min senaste pjäs!

Sonen: Inte en chans.

Fadern: Ett förlag vill ge ut mina samlade skrifter?

Sonen: Varför håller vi på så här? Det är alltid samma visa varje gång. Du ringer och vill träffas. Du har något viktigt att berätta, men så när det kommer till kritan så var det inget och vi bara tjafsar och grälar om småsaker.

Fadern: "Elefanten i rummet" som du brände upp var ingen småsak. Det var ett litterärt mästerverk.

Sonen: Men pappa du har aldrig skrivit något drama om någon elefant. Jag tvivlar på att du skrivit någonting alls.

Fadern: Vad säger du? Skulle inte jag ha skrivit något? Titta bara där i bokhyllan, titta bara, där står en massa med böcker som jag har skrivit.

Sonen går fram till bokhyllan. Tar fram en bok.

Sonen: Du menar den här "Stenen"?

Fadern: Ja precis den och alla de andra som står på den där hyllan.

Sonen: Du har ju bara gjort nya omslag som du satt på andra böcker. Det här är inte Stenen, det här är "Måsen" av Tjechov och det här är inte "Mannen som aldrig dog" utan "I väntan på Godot" och den här "Den misslyckade författaren: Ett drama i tre olyckliga akter" det är ju bara ett omslag på en tom anteckningsbok. Det finns ju inte ens ett enda ord i den. Du har bara satt nya omslag på andras böcker. Allt är bara en kuliss, du lever i en stor livslögn, en illusion.

Fadern: Hm, jag undrar vem som lever i en illusion jag. Du är inte speciellt smart när det kommer till kritan. Du ser inte den stora bilden. Du vet inte vad jag vet.

Sonen: Vad är det du vet? Vilka stora sanningar är det som du har upptäckt då?

Fadern: Att allt bara är teater. Ha, det såg du inte komma va?

Sonen: Vad då teater?

Fadern: Hela livet är en pjäs som spelas på en scen. Vi är bara skådespelare som larmar och gör oss till. Någon gudomlig författare sitter i detta nu och skriver våra liv och bestämmer vad vi ska säga.

Sonen: I så fall vill jag ha pengarna tillbaka. För det är en urusel handling och rollbesättningen stinker.

Fadern: Du förstår...*viskar*...jag har upptäckt att det är jag som är författaren. Det är jag som skriver allt som ska hända här och nu.

Sonen: Du? Vad är det du försöker säga? Att du tror att du är Gud?

Fadern: Ja, men jag skulle nog kalla mig författare snarare än gud.

Sonen: Snälla pappa. Jag orkar inte med det här igen. Jag har haft en tuff dag. Jag skyndade mig från jobbet hit för att du ringde mig och sa att det var något viktigt som du ville berätta.

Fadern: Ringde jag? Hade jag något att berätta? Något viktigt säger du? Vad skulle det kunna vara? Jag har kanske fått Nobelpriset i litteratur?

Sonen: Det är osannolikt. Det kommer aldrig att hända.

Fadern: Dramaten vill sätta upp min senaste pjäs!

Sonen: Inte en chans.

Fadern: Ett förlag vill ge ut mina samlade skrifter?

Sonen: Stop, stop, sluta kopiera tidigare dialoger. Vad jag vill säga är att det kanske är dags att hitta något annat boende åt dig. Något trevligt boende, där du inte känner dig så ensam. Där du får vara tillsammans med andra i din ålder och med dina intressen.

Fadern: Ska jag flytta in på Dramaten? Vilken bra idé.

Sonen: Jag tänkte mig ett ålderdomshems, eller ett sinnessjukhus. Det beror på vad som blir enklast och billigast.

Fadern: Du vet väl att det är dem som sitter inne på sinnessjukhusen som är dem som är de friskaste. För de har liksom jag förstått att något inte står rätt till i världen. De vet att allt bara är teater, det är därför de beter sig så underligt. De försöker bryta sig ur sina roller och ta kontrollen över sina liv. De vill inte längre låta sig styras av en diktatorisk författare.

Sonen: Som dig?

Fadern: Va?

Sonen: Nyss sa du ju att du var författaren som skrev vad som skulle hända här och nu. Då är väl du den diktatoriska författaren som alla galningar försöker fly ifrån?

Fadern: Jag?

Sonen: Som vanligt har du inte tänkt igenom dina idéer. De är bara brottstycken, fragment som inte hänger ihop. Det är därför ingen läser dina pjäser. De är ofullständiga och ofärdiga. Grunda och ogenomtänkta.

Fadern: Aha, så nu skriver jag pjäser ändå. Du erkänner det! Du är inte konsekvent i vad du säger.

Sonen: Ja, men var det inte du som nyss sa att det är du som skriver replikerna och handlingen till allt som spelas upp här nu? Det sa du ju alldeles nyss. Vem är det då som inte är konsekvent? Den som säger det eller den som hittar på det hela?

Fadern: Hm, klockan är mycket. Undra om posten har varit här. Man ska kanske gå ut till brevlådan och titta. Det har kanske kommit något viktigt brev. Kanske någon som accepterar ett manus.

Sonen: Du undviker ämnet igen. Det gör du alltid när det börjar bli svårt.

Fadern: Jag zoomar ut när det blir för mycket. Är det för mycket begärt med lite lugn och ro? Det är ingen idé att älta allt hela tiden. Jag blir så trött av den här inre monologen som aldrig vill ta slut. Samma scener som hela tiden spelas upp i huvudet, en ständig repetition på scenen. Jag måste göra något annat för att orka med rösterna.

Sonen: Tycker du att jag är jobbig? Är det min röst du menar?

Fadern: Alla rösterna. Jag hinner inte skriva ner vad de säger.

Sonen: Låt bli då.

Fadern: Låt bli? Men tänk om jag missar något viktigt? Den där dialogen eller scenen som kommer att gå till eftervärlden och bli minnesvärd.

Sonen: Oroa dig inte. Ingen kommer att komma ihåg någonting du har skrivit. Du kommer som de flesta att rinna iväg som vattnet i din trasiga toalett.

Fadern: Hör du den också? Hur den rinner och rinner och påminner oss om att livet bara passerar och försvinner ner i avloppet.

Sonen: Ja, jag hör den. Det är som ett sorl som aldrig tar slut. Ett lågmält sorl av röster som viskar till oss.

Fadern: Men vad betyder alla rösterna? Vad vill de säga?

Sonen: Ingenting det är bara röster. Som moln på himlen driver de omkring. Ibland tror man att de betyder något som när man ser ett djur bland molnen. Men de betyder ingenting

Fadern: Har all den här tiden då bara varit bortkastad?

Sonen: Bortkastad? Ja kanske det. Det är nog lika meningslöst som något annat du gör i livet. Kanske har det fungerat som terapi eller tröst för någon. Vad vet jag.

Fadern: Hur då tröst?

Sonen: Att man inte är ensam. Utan att andra också hör detta ständiga sorl som man aldrig lyckas begripa eller förstå vad de innebär.

Fadern: Och nu?

Sonen: Nu är vi tysta.

Fadern: Tysta?

Sonen: Ja tysta.

Fadern: Och sen?

Sonen: Sen går ridån ner och allt är slut.

Fadern: Hur går det med boklössen då?

Sonen: Tyst sa jag.

Fadern: Men elefanten i rummet då?

Sonen: Var tyst och lyssna bara.

Ridå.

Lektionen

Scen: Foajen är full med folk. Det ringer in till föreställningen. När dörrarna öppnas står en sträng skolfröken i dörren med hårknut, vit blus, svart kjol och pekpinne. Hon förmanar publiken när de går in i salongen:
Fröken: Skynda er nu! Lektionen börjar snart. Ställ er på ett led. Lugnt och stilla. Stoppa in skjortan. Har du tagit med dig penna idag? Räta på ryggen. Sluta knuffas. Det är fult att viska har jag sagt. Lugnt och fint på ett led. Spotta genast ut tuggummit. Rätta till slipsen. Har du gjort din läxa idag? Har du redan smutsat ner tröjan? Sluta prata har jag sagt. Om du inte ska vara med på gymnastiken idag behöver du ett intyg. Se så. Skynda på vi har inte hela dagen på oss.

Scen: När publiken kommer in i salongen pågår redan en pjäs på scenen. Det är slutscenen ur Strindbergs Spöksonaten som spelas upp. När föreställningen är slut samlas skådespelarna vid scenkanten för att tackas av publiken. De bokar och ler mot publiken medan de viskar högt mellan varandra:
Skådespelarna: Varför kan publiken aldrig hålla tiden. Det är oförskämt. Komma när föreställningen är slut. Vad är det för ett sätt?

Skådespelarna går ut. Kommer inspringande igen med blommor. Bockar och ler igen mot publiken och viskar högt mellan varandra:
Skådespelarna: Maken till fräckhet. Komma när allt redan är över. Vad är det för sätt? Kan inte folk hålla tiden längre. Man blir upprörd. Oförskämt är det. Det finns ingen respekt för konsten längre.

Skådespelarna går av scenen. Man ställer fram en stor svart griffeltavla och fyra gamla skolbänkar med lock. På griffeltavlan står det LEKTION 4 - Dramats beståndsdelar. Skådespelarna kommer tillbaka omklädda i skoluniform och ställer sig vid sina bänkar. Fröken kommer upp på scenen.
Fröken: Godmorgon klassen.

Klassen: Godmorgon fröken

Fröken: Var så god och sitt.

De fyra eleverna, Svensson, Nilsson, Jonsson och Andersson sätter sig i sina bänkar.

Fröken: Idag ska vi prata om dramats beståndsdelar. Någon som kan nämna en del av dramat?

Svensson: Scener?

Fröken: Ja, ett drama kan bestå av flera scener, några andra förslag.

Nilsson: Handlingen?

Fröken: Precis handlingen och vad gör handlingen?

Jonsson: Berättar vad som händer?

Fröken: Ja, och mer?

Jonsson: Driver dramat framåt?

Fröken: Mycket bra Jonsson. Handlingen är själva grunden för dramat. Skelettet som håller det uppe och gör att berättelsen utvecklas.

Andersson viftar med handen.

Fröken: Ja, Andersson vad är det?

Andersson: Fröken måste ett drama ha en handling?

Fröken: Ja, naturligtvis. Du kan väl inte ha en kropp utan ett skelett, eller hur?

Andersson: Men en bläckfisk och en snigel har inget skelett. Och jag har hört om dramer utan handling. Visst finns det sådana fröken?

Fröken: Det du pratar om är anti-drama, det är bara teorier. Det är ingen riktig dramatiker som skriver anti-dramer. Det motsäger sig ju själv hör du väl. Hur skulle det se ut om ett drama inte hade en handling?

Andersson: Jo, jag har faktiskt funderat på det. Jag tänkte att publiken få komma till teatern. Men det är ingen personal där och när det ringer in till föreställningen så öppnas inte dörrarna in till salongen, men publiken hör röster och rörelser bakom dörren och hur föreställningen startar, men de kommer inte in. *Börjar fnissa för sig själv.*

Fröken: Menar du att publiken ska betala flera hundra kronor för att vara utestängda från salongen och missa hela föreställningen? Det är ett elakt spratt Andersson och inte teater.

Andersson: Ja, men det är ju roligt. För det pågår ju ingen föreställning där inne utan det är bara ett förinspelat band som de får höra. Det finns ingen på teatern. Det finns ingen handling. *Fnissar.*

Fröken: Andersson ibland undrar jag om du är riktigt frisk. Visserligen har skolsyster inte hittat något fel på dig men man undrar när du slänger fram sådana här absurda och galna idéer. En föreställning utan handling och skådespelare? Nej, vi har inte tid med sånt trams. Vi måste fortsätta lektionen. Var var jag någonstans? Ja just det, handlingen. Kan någon ge ett förslag på en handling, vad en pjäs kan handla om? Ja, Jonsson?

Jonsson: Kärlek?

Fröken: Ja, kärlek, och mer?

Nilsson: Hämnd

Andersson: Teater

Fröken: Teater? Jag tror att det du menar Andersson är något som brukar kalla för meta-teater. När själva handlingen i dramat handlar om en teaterföreställning. Det finns många stora författare som har gjort en pjäs i pjäsen som den stora Shakespeare i en Midsommarnattsdröm, men det är väldigt svårt att göra meta-teater och det inget vi kommer att avhandla på den här kursen eller som vi rekommenderar att ni använder.

Andersson: Fröken, fröken, men jag har redan tänkt på ett sånt där meta-drama. Tänk om publiken kommer in i salongen och så får de se en föreställning som handlar om en lektion där man diskuterar vad dramatik är, men det är också en teaterföreställning.

Fröken: Andersson, jag förstår inte riktigt vad du menar. Jag blir alldeles snurrig i huvudet av alla dina konstiga idéer och tankar. En föreställning som är en lektion om dramatik som i sin tur är en teaterföreställning? Hör du inte hur orimligt det låter. Ingen frisk människa kommer på något sådant.

Andersson: Men fröken vi har ju en lektion om dramatik. Och den lektionen utspelar sig på en teaterscen då är det väl meta-teater?

Fröken: Andersson, jag måste nog tala med dina föräldrar igen. Du behöver kanske professionell hjälp eller någon slags medicinering? Det här är en lektion om dramats beståndsdelar. Vi är på en teaterscen för att ni ska utbilda eller till dramatiker, tycker Andersson att tunnelbanan, en fotbollsplan eller en bilverkstad hade varit en bättre plats att hålla lektionen på? Att en lektion om dramatik hålls på en teaterscen är ganska självklart och gör det inte automatiskt till teater eller meta-teater för den delen. Förstår Andersson vad jag säger?

Andersson: Men fröken, publiken då? Man har väl inte publik på en vanlig lektion.

Fröken: Andersson! Tyst! Nu är du riktigt oförskämd. Kom du inte ihåg vad vi talade om i den första lektionen? Om den fjärde väggen? Ringer det några klockor kanske? Att den här väggen ut mot publiken, att den är osynlig, men att den ändå finns. Vi ser inte publiken, vi vet inte ens att publiken existerar. Dramat utspelar sig inom dessa fyra väggar oavsett vad som finns där utanför. Oavsett om det finns publik eller inte så pågår föreställningen. Teaterscenen är ett eget unikt universum, med sin egen tid och verklighet. Publiken är bara åskådare som bara tittar in i detta rum, de kan inte påverka handlingen. Det finns ingen koppling mellan scenen och salongen, det är två helt olika rum, två världar som aldrig möts som skiljs åt av en osynlig men ogenomtränglig barriär.

Andersson: Men kan man inte gå ut och hälsa på publiken och prata med dem? De verkar så trevliga ikväll. *Reser sig från sin bänk och går mot scenkanten.*

Fröken: Andersson! Vad håller du på med! Sätt dig genast ner!

Andersson: Ja, fröken, men jag skulle bara... *Vänder tillbaka till sin bänk.*

Fröken: Sitt ner säger jag och så vill jag inte höra något mer prata om meta-drama eller publiken!

Andersson: Men fröken, varför kan man inte hälsa på publiken?

Fröken: Andersson, har du lyssnat på något alls under lektionerna? Det finns något som heter illusionen som absolut inte får brytas under föreställningen. Kommer du ihåg det? Ni hade till och med läxa till måndag att träna på att upprätthålla illusionen?

Andersson: Illusionen?

Fröken: Ja den stora illusionen av allt detta är en riktig verklighet som publiken iakttar.

Plötsligt reser sig en man på första raden i salongen och stiger upp på scenen.

Andersson: Fröken någon från publiken har gått upp på scenen. Är illusionen bruten nu?

Fröken: *Häpen och förvirrad.* Men det får man ju inte... *Återfår fattningen och börjar improvisera.* Andersson din skojare. Du ser väl att det är rektor Hansson som kommit. Känner du inte igen vår gamla rektor. *Blinkar till klassen och försöker få med dem på bluffen.*

Andersson: Han är väl ingen rektor. Han satt ju i publiken nyss!

Fröken: Tyst Andersson. Du vet inte vad du säger. Visst är det skolans rektor som plötsligt dykt upp under vår lektion, eller hur? Visst är ni rektor?

Regissören: Nej, jag är regissör.

Fröken: Regissör?

Regissören: Ja, och jag tycker inte riktigt det här håller längre. Det känns ganska tamt och ärligt talat har det inte redan gjorts så mycket meta-teater. Jag tror dagens publik är ganska trött på konceptet. Det blir lite för mycket navelskåderi och klubben för inbördes beundran med alla dessa teaterreferenser. Jag tror att vi istället ska prova på något helt annat. Vi provar den andra pjäsen som vi har tränat på också. Så vi tar det från början.

Regissören sätter sig på sin plats i salongen igen. Griffeltavlan och bänkarna plockas bort från scenen. Istället kommer en rad med stolar, samma sort som finns i salongen. Skådespelarna har bytt om till vanliga kläder. De tittar på sina biljetter och letar rätt på sina platser. Småpratar med varandra.

Fröken: Nu börjar det. Var tysta.

Nilsson: Titta det är han. *Pekar ut i publiken.* Honom känner jag igen. Jag såg honom när jag spelade Kung Lear här för ett tag sedan. Han var riktigt intresserad. Och ser du dem där borta. *Pekar igen.* Det var länge sedan de var här. De har kanske varit sjuka eller ute och rest?

Andersson: Men han gillar jag inte. Han applåderar så dåligt. Ja och så skrattar han på fel ställen också.

Nilsson: Vad tycker du om kvällens publik?

Svensson: Den är inte så bra som jag trodde. När jag såg dem i foajén så hade jag ganska höga förväntningar. Men nu när jag ser dem tillsammans så känns det lite segt tycker jag. Jag förstår inte varför de där sitter tillsammans? *Pekar på ett par.*

Nilsson: Du får ha tålamod. Det kanske du får reda på längre fram.

Svensson: Och varför har hon dem där kläderna på sig? Det stämmer inte alls med resten av publiken.

Nilsson: Det finns säkert en tanke bakom. Du förstår det ligger mycket arbete bakom att få ihop en sån här publik. Det är liksom inget som bara händer på en dag. Det ska marknadsföras, göras program, affischer, annonseras, bokas biljetter, bokas om biljetter, påminnas, ja, det är mycket arbete innan publiken är på plats.

Svensson: Jo, det är klart, men ibland undrar man. Se på dem där va. De verkar bara ha slunkit in från gatan i sista stunden. Jag tycker inte helheten håller. Det finns bra partier, som den här raden. Den är bra, genomtänkt och balanserad, men där borta i hörnet. Det är ett svagt parti, den tillför inte så mycket enligt min mening.

Nilsson: Jag håller med dig, där är absolut en lucka, där har man inte lyckats så bra. Men å andra sidan där på vänsterkanten är det ganska roligt, det måste du medge.

Svensson: Jovisst, där kan du skratta gott, där har man verkligen lyckats få till det, men det är väl ändå helheten man vill ha? Det finns som sagt ljusglimtar, men det är ingen publik som skulle vilja se igen imorgon precis.

Nilsson: Nej, kanske inte det. Man skulle behöva byta ut en del. Det är sant. Men grunden är bra. Den skulle kanske behövas finputsas några varv till och som sagt göra något åt det där bedrövliga hörnet.

Svensson: Ja, det är ju inte som publiken på den där andra teatern vi var på förra månaden. Det var ju en toppenpublik. Man kunde inte önska sig någon bättre.

Nilsson: Nej, det var nog bland en av de bästa publiker jag sett. Allt var så himla bra och tänkvärt. Varenda människa satt på rätt plats och vilka kläder sedan. Vilken matchning!

Svensson: Ja, men sen har vi ju också varit med om motsatsen. Eller hur? Kommer du ihåg när vi var i Halmstad förra året. Vilken katastrof.

Nilsson: Ja, där saknades många delar av publiken och de som var där var bedrövliga. Ingenting verkade höra ihop. Det var lite hip som happ med allt där.

Svensson: Jag störde mig verkligen på de två som satt på första raden. De borde ha suttit längst bak. De tog för mycket plats och tillförde inget.

Nilsson: Ja, det var en bedrövlig publik. Jag menar, jämför man den här så är den här bra, eller hur?

Svensson: Ja visst är den bra, det säger jag ingenting om. Jag menar bara att det inget som man inte sett tidigare. Inget som överraskar en, det är lite mellanmjölk över det hela, lagomt om du förstår vad jag menar.

Nilsson: Ja, där har du ordet, mellanmjölk som sagt.

Regissören: *Reser sig ur stolen.* Stopp! Vi stannar där. *Kliver upp på scenen.* Mycket bättre. Men jag känner att det är något som saknas. Det är intressant med det här omvända perspektivet. Men det fångar inte riktigt den där känslan som jag är ute efter.

Fröken: Vilken känsla?

Regissören: Det chockerande, äckliga, det frånstötande, det upprörande och perverterade. Som en motorsåg som slaktar söta kattungar medan en man onanerar i ett skyltfönster fyllt med bananer och lingonsylt och en havande kvinna föder en flod av kackerlackor över en jättestor gräddtårta som en söndersprängd soldat utan armar och ben med tarmarna hängande ur buken krälar omkring i. Den känslan är jag ute efter.

Fröken: Det verkar lite väl magstarkt tycker jag. Vi har förresten ingen pjäs som påminner om det. Kan vi inte bara spela Spöksonaten igen?

Regissören. Spöksonaten? Ja varför inte. *Kliver ner från scenen och sätter sig.*

Scenen ställs om och man börjar spela Spöksonaten. Efter några minuter in i pjäsen ringer teaterns klocka. Fröken stannar upp. Ser på sitt armbandsur och klappar händerna.

Fröken: Barn! Barn! Nu är lektionen slut. Vi får tacka för oss och fortsätta imorgon.

Skådespelarna samlas vid scenkanten och bockar mot publiken. Viskar högt mellan varandra:

Andersson: Tror de gillade det här eller får vi lägga ner pjäsen imorgon?

Svensson: Vi får troligen lägga ner. Det var en katastrof. Jag har aldrig sett en så dålig publik. Vi skulle haft publiken som brukar titta på Jon Fosse istället, då hade det blivit succé....